Vida sana

Alimentos ricos en proteínas

por Vanessa Black

Bullfrog Books

Ideas para padres y maestros

Bullfrog Books permite a los niños practicar la lectura de texto informacional desde el nivel principiante. Repeticiones, palabras conocidas y descripciones en las imágenes ayudan a los lectores principiantes.

Antes de leer

- Hablen acerca de las fotografías. ¿Qué representan para ellos?
- Consulten juntos el glosario de fotografías. Lean las palabras y hablen de ellas.

Durante la lectura

- Hojeen a través del libro y observen las fotografías. Deje que el niño haga preguntas. Muestre las descripciones en las imágenes.
- Lea el libro al niño, o deje que él o ella lo lea independientemente.

Después de leer

- Anime a que el niño piense más. Pregúntele: ¿Cuántas porciones de alimentos ricos en proteínas crees que comes al día? ¿Qué alimento rico en proteína es el que más te gusta?

Bullfrog Books are published by Jump!
5357 Penn Avenue South
Minneapolis, MN 55419
www.jumplibrary.com

Library of Congress Cataloging-in-Publication Data

Names: Black, Vanessa, 1973– author.
Title: Alimentos ricos en proteínas / por Vanessa Black.
Other titles: Protein foods. Spanish
Description: Minneapolis, MN: Jump!, Inc., [2017]
Series: Vida sana
"Bullfrog Books are published by Jump!"
Audience: Ages 5–8. | Audience: K to grade 3.
Identifiers: LCCN 2016042854 (print)
LCCN 2016045523 (ebook)
ISBN 9781620316511 (hardcover: alk. paper)
ISBN 9781620316580 (pbk.)
ISBN 9781624965357 (ebook)
Subjects: LCSH: Proteins in human nutrition—Juvenile literature.
Food of animal origin—Juvenile literature.
Nutrition—Juvenile literature.
Health—Juvenile literature.
Classification: LCC TX553.P7 B5318 2017 (print)
LCC TX553.P7 (ebook) | DDC 641.3/06—dc23
LC record available at https://lccn.loc.gov/2016042854

Editor: Jenny Fretland VanVoorst
Book Designer: Molly Ballanger
Photo Researcher: Molly Ballanger
Translator: RAM Translations

Photo Credits: All photos by Shutterstock except: iStock, 12; Thinkstock, 4.

Printed in the United States of America at Corporate Graphics in North Mankato, Minnesota.

Tabla de contenido

Proteínas poderosas

Es un gran día para Sam.

Tiene un examen.

¿Cómo debe de alimentar su cerebro?

Con alimentos ricos en proteínas.

Las proteínas te ayudan a pensar.

Te ayudan a trabajar.

Te ayudan a jugar.

¿Qué alimentos son ricos en proteína?

Carne. Frijol. Frutos secos. Pescado. Huevo.

carne de res
pescado
frutos secos
huevo

Los alimentos ricos en proteína son buenos cuando necesitas comer algo rápido.

Ty come maní.

Kip come salchicha.
Ivy come un huevo.

¿Almuerzo?

Come algo con proteína.

Jo come salmón.

salmón

Sid come pavo.

Ana come frijoles.

Es bueno cenar alimentos ricos en proteína.

JT come tofu.

Samar come una hamburguesa.

Las proteínas te ayudan a crecer.

Te hacen fuerte.

¡Cómelas!

Tu porción diaria de proteína

Necesitas cuatro porciones de alimentos ricos en proteínas cada día.

salmón
El salmón es un alimento rico en proteína muy popular; mucho del salmón que se consume hoy en día proviene de criaderos.

carne de res
La carne de res ocupa el tercer lugar de popularidad a nivel mundial, después de la carne de cerdo y aves de corral (pollo, pavo, etc.).

lentejas
Las lentejas provienen de una planta frondosa, con dos semillas en una vaina; hay lentejas de muchos colores.

huevo
La mayoría de los huevos que comemos son de gallina pero también hay huevos de pavo, pato, codorniz y faisán.

Glosario con fotografías

carne de res
Carne de un buey, vaca o toro.

salmón
Pez grande con carne de tono rosado-naranja.

proteína
Sustancia que hay en la carne, frutos secos y frijoles y que te ayuda a crecer.

tofu
Alimento suave hecho a base de soja.

Índice

Para aprender más

Aprender más es tan fácil como 1, 2, 3.

1) Visite www.factsurfer.com
2) Escriba "alimentosricosenproteinas" en la caja de búsqueda.
3) Haga clic en el botón "Surf" para obtener una lista de sitios web.

Con factsurfer.com, más información está a solo un clic de distancia.